DES PEINES

INFAMANTES

A INFLIGER AUX NÉGRIERS.

DES PEINES

INFAMANTES

A INFLIGER AUX NÉGRIERS.

PAR M. GRÉGOIRE,

ANCIEN ÉVÊQUE DE BLOIS.

PARIS.

BAUDOUIN FRÈRES, IMPRIMEURS-LIBRAIRES,

RUE DE VAUGIRARD, N° 36.

1822.

DES PEINES
INFAMANTES
A INFLIGER AUX NÉGRIERS.

CHAPITRE PREMIER.

Abolition légale de la Traite, continuation de cet horrible trafic. Doit-on le punir par la peine de mort ?

J'APPELLE *négrier*, non-seulement le capitaine de navire qui vole, achète, enchaîne, encaque et vend des hommes noirs, ou sang-mêlés, qui même les jette à la mer pour faire disparaître le corps de délit, mais encore tout individu qui, par une coopération directe ou indirecte, est complice de ces crimes. Ainsi, la dénomination de négriers comprend les armateurs, affréteurs, actionnaires, commanditaires, assureurs, colons-planteurs, gérans, capitaines, contre-maîtres, et jusqu'au dernier des matelots, participant à ce trafic honteux.

L'abolition de la traite des Noirs fut résolue à Vienne, dans un congrès, où l'on fit équivalemment la traite des Blancs, puisque des provinces et des peuples, sans leur consentement, y furent distribués à quelques familles, comme on partagerait des troupeaux de bœufs, et même comptés par têtes comme du bétail.

Quelques législations prononcent des peines afflictives contre les négriers. L'Angleterre les déporte pour quatorze ans à Botany-Bay. Les États-Unis infligent la peine capitale. La France *confisque* le navire, et déclare le capitaine incapable de servir.

Une ordonnance du 24 janvier 1818 établit une escadre sur la côte d'Afrique, pour empêcher la traite sous pavillon français ; et cependant, sous ce pavillon, la traite continue....... Elle continue avec une fureur qui élude et brave toutes les mesures de répression.

Il y a deux ans qu'à la tribune législative on niait ces faits, et l'on menaçait de mettre en jugement M. Morenas qui les avait dénoncés ; l'année suivante, par une seconde pétition, il demanda lui-même d'être livré aux tribunaux, et présenta une série nouvelle de faits épouvantables. Cependant on a gardé le silence sur cette pétition accusatrice et si importante, quoiqu'on ait rendu compte d'une foule d'autres, postérieures en date, et dont un grand nombre étaient d'un moindre intérêt. Que de réflexions suggère un tel silence !

Si quelqu'un voulait encore élever des doutes sur la continuation de la traite, sous pavillon français et par des Français, qu'il lise la correspondance du cabinet anglais avec les autres gouvernemens : correspondance présentée l'an dernier à la chambre des communes d'Angleterre, publiée officiellement, et résumée dans les ouvrages cités ici en note, dont le second circule à Paris (1).

(1) V. Abstract of the information recently laid on the table of the house of commons on the subject of the slave-trade, 8°, Lon-

Si la lecture de ces écrits, auxquels des faits nouveaux fourniraient un affreux supplément, ne déchire pas son cœur, il n'est pas homme ; c'est un tigre ou un négrier.

Ces prévarications naissent :

1°. De l'imperfection des moyens préventifs et répressifs. Qu'est-ce qu'une croisière sur dix ou quinze myriamètres, près de nos établissemens d'Afrique, tandis que sur mille ou quinze cents myriamètres de côtes non surveillées, les négriers peuvent exercer leur brigandage (1)?

La crainte d'être capturés, peut-elle balancer l'espérance mieux fondée de ne l'être pas? La chance de perdre une cargaison est compensée par la certitude d'énormes bénéfices sur la vente de celles qui échappent aux croiseurs.

2°. Les prévaricateurs ne trouvent-ils pas aussi une sauvegarde, dans l'incurie et la connivence de certains hommes, chargés par état de les poursuivre? En traçant ces mots, je me rappelle involontairement quelques écrivains, quelques orateurs courtisans. Ont-ils émis un reproche trop mérité, une proposition courageuse? vite, ils s'efforcent de l'atténuer par des complimens, comme si la vérité n'était qu'un badinage. Si l'on n'a pas prévenu ou réprimé le crime, c'est sûrement, disent-ils, *parce qu'on ne connaissait pas les faits.... ils n'attaquent pas les intentions...... Sûrement*,

---

don 1821. *De l'Etat actuel de la traite des Noirs, etc.*, 8°, Londres, 1821 ; traduit de l'anglais, avec une préface bien pensée et bien écrite, par M. Benjamin La Roche.

(1) *Ibid*, p. XIV et XV de l'Avant-propos.

elles sont pures, ils en sont persuadés.... Eh non, vous ne l'êtes pas. Soyez circonspects, pour ne pas blesser injustement les réputations. N'accusez pas, si vous n'êtes armés de preuves matérielles et positives. Assez de lâches et infâmes calomniateurs, sans excepter même des dévots, proclameront impunément des impostures atroces, démenties par la seule inspection d'un procès-verbal ; mais quand des probabilités s'élèvent à la certitude morale, à quoi bon ces précautions oratoires, qui semblent inspirées par le desir de conserver sa popularité, sans compromettre une ambition mal déguisée ? Ce qu'on vient delire trahit le secret de beaucoup de gens.

La traite est un attentat contre la loi naturelle, qui défend de faire à autrui ce que nous ne voulons pas qui nous soit fait ;

Un attentat contre la loi évangélique, qui, sanctionnant celle de la nature, y ajoute l'obligation de faire pour nos semblables, nos frères, tout ce que nous désirons qu'on fasse pour nous-mêmes (1) ;

Un attentat contre le pacte social, dont il enfreint les principes ;

Un attentat contre le droit des gens. Que diriez-vous, si des pirates noirs venaient sur vos côtes voler des blancs, les mettre aux fers, et les traîner dans un marché africain pour y être vendus ?

Le négrier, en état d'hostilité contre une portion de l'espèce humaine est plus criminel que l'assassin, car l'esclavage n'étant qu'une agonie cruellement pro-

---

(1) Voy. Math., 7, v. 12, et c. 19, v. 19. — Marc, 12, v. 31, et *passim*.

longée, la mort est préférable à la perte de la liberté, aux yeux surtout des tribus sauvages. L'homme de la nature préfere, à tout, son indépendance. Telle est la cause des suicides multipliés parmi les esclaves. Les planteurs n'ont-ils pas été réduits à chercher des mesures contre les tentatives fréquentes des Noirs, pour s'étouffer en avalant leur langue? D'ailleurs, fussent-ils même indifférens sur la perte de leur liberté, le prix d'une chose doit être calculé sur sa valeur réelle. Dérober une somme d'argent à un homme désintéressé, est-ce un crime moindre que de voler un avare?

Presque toutes les nations condamnent à mort celui qui a donné la mort. Ce n'est point ici le cas de discuter si la société a droit d'ôter la vie à l'un de ses membres, il suffit d'énoncer que cette question est encore problématique (1): et quand M. de Maistre, dans ses *Soirées de St.-Pétersbourg*, disserte longuement pour démontrer que la *guerre est divine*, que dans la structure du corps social *le bourreau* est un personnage très-important; l'ame épouvantée se réfugie dans ces *sociétés de paix*, qu'on ne peut s'empêcher d'estimer et d'aimer, et qui, en Angleterre, en Amérique, s'occupent sans relâche des moyens d'extirper la guerre, et les calamités qui en sont les suites inévitables.

Plusieurs fois l'auteur de cet ouvrage a réclamé l'abolition de la peine de mort, surtout le 15 novembre 1792. Il demandait à la Convention que cette barbarie disparût de notre code.

---

(1) Voy. contre la peine de mort, un excellent Mémoire publié récemment par M. Heiberg.

Toute peine décernée doit avoir pour but de corriger le coupable, de réparer le mal qu'il a fait, de garantir la société contre ses attentats : le corrige-t-on en lui ôtant la vie, et rend-on la vie à celui qu'il en a privé? La société est garantie, dès que le coupable est constitué dans l'impossibilité de nuire, par la détention, les fers, les galères de mer, les *sonnettes*, ou galères de terre, établies en certain canton de la Suisse. L'aspect journalier d'un forçat, condamné à des travaux pénibles, continuels et productifs, est plus efficace pour décourager le crime, et ceux qui seraient tentés de le commettre, que le spectacle effrayant, mais passager, de l'échafaud.

Aux États-Unis d'Amérique, la loi punit de mort les pirates: plusieurs coupables furent exécutés à Boston il y a peu d'années, et quoique cet événement eût produit une très-vive sensation, la piraterie fut exercée ensuite avec plus d'extension et d'audace. L'écrivain qui me fournit ces détails y ajoute plusieurs déclarations faites à la barre de la chambre des Communes d'Angleterre. Il en résulte la preuve d'expérience que la peine capitale est inefficace pour prévenir ou réprimer le crime (1).

---

(1) The Panoplist and Missionary Herald, 8°, Boston, juillet 1820, p. 304.

CHAPITRE II.

Des peines fondées sur l'opinion.

A MESURE que l'homme étend ses rapports avec ses semblables, il cherche à obtenir dans leur esprit une considération fondée sur ses richesses, son crédit, son pouvoir, ses talens, ou, ce qui vaut mieux et qui est plus rare, sur ses vertus. Cette existence hors de lui-même, et qui repose sur l'opinion, est pour lui d'une très-haute importance...... Si l'opinion était toujours juste, elle se confondrait avec les idées de raison, de vertu ; mais, souvent erronée, elle exerce un ascendant déplorable. Ces veuves de l'Indostan, qui se précipitent sur le bûcher d'un époux, sont victimes d'un préjugé contre lequel vous déclamez ; mais parmi vous, Européens si fiers de ce que vous appelez *civilisation*, un préjugé plus absurde, plus barbare, et qui tous les jours immole des victimes, est celui qui, au raisonnement substituant l'épée ou le pistolet, tue un adversaire pour lui prouver qu'il a tort.

Est-elle plus sensée, l'opinion qui attache l'infamie au supplice du gibet, et non à celui de la fusillade? N'est-elle pas le comble de la démence, l'opinion qui dans vos colonies créa la noblesse de l'épiderme, et qui, jusque dans ses dernières nuances, persécutant la teinte africaine, flétrit le mariage d'un blanc avec une femme de couleur, fût-elle un modèle de vertu, tandis qu'elle n'inflige pas même le mépris au libertinage le plus éhonté? A cette subversion de toutes les idées de morale, de sens commun, je ne vois de comparable que les instructions de *Malouet*, ministre de la marine, qui, pour rattacher St.-Domingue à la France, promettait des *lettres de Blanc* au président Pétion, et à quelques autres sang-mêlés ou noirs, qui seraient jugés dignes de cette haute faveur. Les rois de Tombouctou et de Houssa pourront un jour parodier cet acte en offrant des *lettres de Noir* à quelque potentat européen qu'ils voudront gratifier de leur bienveillance.

Si l'opinion n'était pas viciée, voudrait-on, dans aucun pays, former ni conserver des liaisons avec ce négrier, ce planteur, dont la fortune est cimentée par les sueurs, les larmes et le sang des malheureux Africains?

Avec des agens coupables d'actes arbitraires contre un citoyen? car l'oppression d'un seul est l'oppression de tous, sinon le pacte social serait une chimère ;

Avec un magistrat qui, pour hâter la mort d'un accusé, lui aurait fermé la bouche, lorsqu'il voulait présenter des raisons justificatives ou atténuantes?

Avec des fonctionnaires qui, se ravalant eux-mêmes au rôle de provocateurs, auraient corrompu des valets pour se procurer la correspondance des maîtres, soudoyé de vils subalternes pour violer, par le bris des lettres, les secrets des familles, les confidences de l'amitié; avili le caractère national, par des légions de ce qu'ils appellent *observateurs*, mais que les hommes sensés désignent sous d'autres noms.

Si l'opinion publique était juste, si les hommes savaient se respecter eux-mêmes, voudraient-ils fréquenter tant d'êtres immondes qui, pour obtenir des places, des pensions, des titres, des rubans, des *honneurs*, sacrifiant l'*honneur*, se sont affublés de tous les costumes, ont professé toutes les doctrines, courtisé *tous les partis*, et surnagé à *tous les partis*, en prodiguant à la puissance du jour les adulations les plus serviles; en protestant qu'ils avaient prévu, prédit et provoqué la chute de ceux qu'ils encensaient la veille? Ames pétries de boue, on demande en vain à la langue des expressions propres à peindre votre infamie.

Parmi ces êtres dégradés figurent une foule d'hommes qui, jadis contempteurs de toute religion, soudain en ont improvisé la défense, et se sont faits persécuteurs.

Les dévots sont l'antipode des hommes pieux. Le Changeux les a oubliés dans *son Traité des extrêmes.* S'il vivait encore, l'époque actuelle lui fournirait la matière d'un troisième volume.

Les factions et la haine cherchent toujours à s'emparer de l'opinion publique, en plaçant sous sa tutelle, en décorant de son nom des clameurs scandaleuses et des assertions mensongères. La particule *on*, susceptible de l'acception la plus étendue comme la plus restreinte, sert merveilleusement la perfidie, qui se cache dans le vague des expressions, telles que les suivantes: *on* dit, *on* pense, *on* croit, *on* convient généralement que, etc. Ainsi, après avoir assuré que l'abbé de Caveirac a fait l'apologie de la Saint-Barthélemi, Voltaire le fera répéter, et répéter par la troupe enrôlée sous sa bannière; mais tôt ou tard le démenti le plus formel, et une démonstration portée jusqu'à l'évidence, feront justice de cette calomnie.

Dans le cours de la révolution, maintes fois la puissance du jour dirigea contre certains hommes, qui gênaient ses projets, ses entreprises, toute l'artillerie des libellistes, des journalistes à gages. Mais enfin la vérité perce le nuage dont on l'environnait, et l'imposture démasquée ne flétrit que ceux qui l'inventent ou qui la répètent. C'est la fange qui retombe sur la face de celui qui l'a jetée.

Tous les Codes décernent des peines contre celui qui dérobe le bien d'autrui : cependant, il est un genre de vol, souvent plus criminel et plus avilissant, qui occupe rarement les tribunaux judiciaires, mais qui n'échappe point à celui de l'opinion, c'est le plagiat littéraire ; une lâche hypocrisie aggrave toujours cet attentat sur la propriété.

L'opinion, tribunal d'appel, juge en dernier ressort, et casse quelquefois des sentences émanées, même d'autorités légales ou réputées telles. L'opinion en Espagne a déjà, non-seulement annulé, mais couvert d'opprobre, la presque totalité des jugemens de cette inquisition dont l'existence seule calomniait l'Évangile.

En Angleterre, l'opinion, par une manifestation éclatante, protesta plus d'une fois contre l'iniquité de sentences revêtues de toutes les formes judiciaires. Pour un ouvrage que la cour qualifiait de libelle, tel auteur fut condamné au pilori ; mais on vit des citoyens les plus distingués accourir sur la place d'exécution pour féliciter le patient et changer son supplice en pompe triomphale. Bonaparte, ayant intenté, au-delà du Pas-de-Calais, un procès contre un écrivain, obtint contre lui une sentence ; mais elle fut cassée par l'opinion nationale, et le plaidoyer du célèbre Makintosh sera toujours cité comme un monument de la liberté britannique.

En-deçà du détroit, chez une nation distinguée par des qualités très-brillantes, mais où les hommes à caractère et doués d'un courage civil sont des phénomènes, l'opinion publique a cependant intimé quelquefois des ordres souverains; c'est elle qui prescrivit à Varade, intendant de Franche-Comté, de déchirer les lettres de noblesse accordées par le roi Philippe II d'Espagne, à Gérard, en récompense de ce qu'il avait voulu assassiner Guillaume, prince d'Orange. Dans cette complicité homicide, dont Gérard et Philippe partagent l'infamie, à Philippe incontestablement appartient la plus grande part.

Ainsi l'inexorable postérité, appelant à sa barre les individus et les peuples, distribue la gloire et la honte. Elle stigmatise d'une flétrissure indélébile la mémoire de ce landgrave de Hesse; et d'autres princes qui vendaient au cabinet de Saint-James, comme des troupeaux de brutes, des régimens destinés à étouffer dans son berceau la liberté de l'Amérique, où ils allaient égorger et se faire égorger. Les vendeurs et les acheteurs, frappés du même anathème, sont attachés au même poteau. Combien de princes auxquels les adulateurs avaient décerné le titre de grands, et dont la postérité a brisé le piédestal! combien d'hommes immolés par la tyrannie, et dont elle a proclamé l'innocence! L'auteur de la *Consolation de la philosophie*, condamné à mort pour avoir défendu la divinité de Jésus-Christ, la liberté romaine et la dignité du sénat, fut lâchement abandonné par ce sénat à la fureur du roi Théodoric. Aujourd'hui Boece, honorablement inscrit dans les fastes littéraires, figure encore comme martyr dans le calendrier ecclésiastique de l'Italie. Pendant trois siècles, sur la tombe du célèbre Las Casas, a pesé l'accusation d'avoir introduit la traite des Noirs, pour les transporter dans le Nouveau-Monde. Aujourd'hui il est reconnu qu'elle existait 14 ans et peut-être même 19 ans avant qu'il fût né. Après avoir réhabilité la mémoire de Porlier, les Cortès d'Espagne remontant aux siècles antérieurs, ont appelé la vénération publique sur d'autres victimes, et décrété qu'un monument serait érigé à Jean de Padilla.

Quand les jugemens contemporains sont dictés par l'équité, l'histoire se borne à les enregistrer. Les actes arbitraires ne sont jamais déshonorans que pour l'autorité dont ils émanent. Combien d'hommes traînés à la Bastille en sortaient non-seulement sans tache, mais avec honneur; et, depuis la destruction de ces cachots remplacés par tant d'autres, quelle foule de personnages pour qui des condamnations furent des couronnes civiques!

Il m'a paru indispensable d'exposer les détails qu'on vient de lire sur l'opinion envisagée comme puissance publique, avant d'aborder la question des peines infamantes, qui sera l'objet du chapitre suivant.

CHAPITRE III.

Des peines infamantes. Moyen d'en assurer l'efficacité.

Isaac Weld a observé que les sauvages du Canada manifestent un profond mépris, non-seulement pour les hommes qui ont volontairement abdiqué leur liberté, mais encore pour tous ceux qui, après l'avoir défendue vaillamment, lassés du combat, ont subi le joug (1). D'autres voyageurs ont fait la même remarque chez la plupart des nations incultes et barbares. Ce mépris envers les esclaves volontaires, a pour corrélatif nécessaire le sentiment d'aversion et même d'horreur contre quiconque tente de ravir la liberté à son semblable, sentiment qui acquerrait plus d'énergie chez les peuples où l'éducation aurait développé les facultés intellectuelles et morales, et pour lesquels l'Évangile ne serait pas comme un livre ignoré.

Le mépris relâche et brise même les liens de confiance et de consanguinité. C'est le premier degré de l'infamie, espèce d'excommunication civile infligée par l'opinion; c'est l'infamie de fait qui devient infamie de droit, quand la loi lui imprime ce caractère.

---

(1) Voy. Voyage au Canada, en 1795, 96 et 97; par Isaac Weld, 3 vol. in-8°, Paris, 1795, t. III, p. 120.

La loi, dit-on, ne peut créer cette peine, mais seulement la déclarer, la sanctionner. Ce dire n'est pas d'une exactitude rigoureuse. Sans doute si la loi heurtait l'opinion, celle-ci en triompherait; mais quand la loi fondée sur les principes éternels d'ordre, de justice, sur des sentimens qui ont leur racine dans le cœur humain, prononcera l'infamie contre des brigands qui vont arracher à leur terre natale la population africaine pour la vendre à d'autres brigands dans les Antilles, croyez que l'opinion et la loi se prêteront un mutuel appui. Leurs efforts simultanés mettront enfin un terme à des forfaits qui, aux habitans de l'Afrique intérieure, montrent sans cesse l'Europe et l'Amérique comme des repaires de flibustiers acharnés sur eux. L'opinion éclairée par les principes, consacrée par la loi, deviendra promptement esprit public, esprit national. Tel est l'heureux changement opéré précisément sur cet article en Angleterre, grâces à la liberté de la presse, qui est le véhicule de toutes les idées grandes et généreuses. Ils connaissent bien peu leurs véritables intérêts et ceux du peuple, les gouvernemens qui s'efforcent de l'étouffer; ils sont en même temps bien aveugles, car dans ce genre de monopole le commerce interlope déjouera sans cesse les douaniers.

Si la liberté de la presse, devenue licence, se portait à des excès répréhensibles, nul doute que ces excès doivent être punis; mais, au lieu de s'égarer dans le vague des présomptions de culpabilité qui ouvrent toutes les portes à l'arbitraire, une législation sage doit spécifier clairement les corps de délits : autrement les barrières qu'on élève contre la manifestation de la pensée sont un symptôme de faiblesse ou de duplicité qu'on s'efforcerait en vain de pallier. Les peuples sont saturés des amplifications pompeuses dans lesquelles le despotisme préconise sa *bonté paternelle*. Les promesses sont une monnaie de billon tombée en discrédit. Il est, pour les gouvernemens, un moyen infaillible de ne pas craindre la liberté de la presse : c'est d'être justes. La mesure de cette liberté est la mesure certaine de la loyauté de ceux qui commandent, des droits acquis à ceux qui obéissent, et de la prospérité nationale. Plus nous avançons dans le cours des siècles, plus cette vérité se répand et devient palpable.

Ce qu'on vient de lire me paraît une réfutation anticipée de l'argument répété naguère par un puissant du jour, que *l'opinion en France n'est pas encore assez mûre* pour qu'on puisse avec succès infliger aux négriers des peines infamantes. Est-ce de bonne foi qu'à l'appui de cette assertion on invoque l'autorité de Filangieri ? Ce publiciste, voulant faire sentir que les peines de ce genre sont illusoires, si elles ne sont ratifiées par l'opinion publique, allègue l'exemple de certain pays où la loi flétrit celui qui accepte le duel, tandis que l'opinion le flétrit s'il ne l'accepte pas. Les dispositions pénales contre le duel et contre la traite, n'admettent aucune parité. La loi flétrira le négrier et ses complices ; mais l'opinion n'a jamais blâmé, jamais elle ne blâmera celui qui refuse de participer à ce genre de trafic : il se pourrait que, pour avoir repoussé un tel moyen de fortune, il fût traité de *sot* dans les maisons de force, les bagnes et dans quelques salons dorés ; mais les anomalies du crime ne constituent pas l'opinion publique.

La peine infamante serait inefficace si elle atteignait

un trop grand nombre d'individus, parce qu'alors ils feraient masse. Ici cet inconvénient n'est pas à redouter; car, dût-on capturer et condamner (ce qui est très-désirable) tous les négriers et leurs complices, ils ne seraient jamais qu'un nombre très-limité comparativement à la population française.

L'instabilité des affections, la mobilité des idées dans un pays qui n'a guère que des modes, suggèrent un argument plus spécieux contre l'emploi de la peine infamante.

La France est un tableau mouvant, qui, depuis trente-trois ans, a présenté toutes les phases de la démocratie et de la tyrannie, du vrai et de l'absurde, du sublime et du ridicule. Les maximes les plus contradictoires ont été proclamées successivement dans les mêmes chaires, les mêmes tribunes et souvent par les mêmes bouches. Vous les connaissez ces orateurs de circonstance, race parasite qu'on s'efforce vainement d'extirper; leurs noms viennent sur vos lèvres.

Cependant les recherches utiles occupent davantage les esprits. De toutes parts une jeunesse studieuse pénètre dans le sanctuaire des sciences. Aujourd'hui les *Concetti* de Dorat, les Bouquets mythologiques de Bernis, et même les Héroïdes d'Ovide, traduites par le cardinal de Boisgelin, trouveraient à peine quelques lecteurs; mais la pratique des vertus suit-elle la progression des lumières? L'énergie des sentimens est-elle à la même hauteur que le développement intellectuel? Où sont les hommes à caractère chez ce peuple doué de qualités si brillantes? Il a porté au degré le plus élevé la valeur militaire; mais est-on moins frivole dans un pays qui s'amuse de calembourgs, de joutes, de feux d'artifices, et même de cocagnes, où l'on ravale au dernier terme de dégradation l'espèce humaine? Qu'espérez-vous d'une nation vouée à l'idolâtrie politique, toujours adulatrice et la plus complimenteuse de l'Europe? Voilà, ce me semble, l'objection dans toute sa force; cependant, quelques considérations peuvent, sinon la détruire, du moins l'affaiblir.

La cupidité et la vanité préconisent les fausses doctrines. Le nombre de ceux qui les croient est moindre que le nombre de ceux qui les soutiennent. Cette observation, peu honorable pour une foule de gens, n'en est pas moins une vérité de fait; et tel qui, en public, affectera de la nier, sera démenti par son cœur. En ramenant ces observations à la question des peines infamantes contre les négriers, jamais on ne pourrait former en leur faveur une athmosphère d'opinion publique, vu l'exiguité de leur nombre. L'anathême politique lancé sur eux trouvera un appui, non-seulement dans la magnanimité naturelle du cœur humain, mais plus encore dans cette générosité factice dont l'amour-propre aime tant à faire parade. La propension en faveur des Africains se fortifiera certainement par les mesures que prennent d'autres gouvernemens dans les deux mondes, contre le plus horrible des trafics. L'esprit humain émancipé tend à émanciper tous les hommes, quelles que soient leur couleur, leur origine, leur religion, surtout dans le nouveau Continent, et l'Amérique, réagissant sur l'Europe, y fera jaillir, avec plus de force, les vérités sociales et les principes de la liberté.

A la peine capitale infligée presque partout aux

écumeurs de mer, aux incendiaires, aux faux-monnoyeurs, aux assassins, etc.; on doit préférer une peine infamante : mais en quoi consistera l'infamie contre des hommes bien plus criminels, les négriers?

Un des États-Unis, c'est, je crois, la Virginie, a statué que les duellistes seraient considérés comme tombés en démence, en conséquence privés de la gestion de leurs biens que l'on confie à un tuteur. Cette disposition est utile sans doute, mais insuffisante.

L'ostracisme, le pétalisme, le bannissement, la déportation furent souvent employés à punir autre chose que des crimes. Depuis Aristide jusqu'à nos jours, l'histoire en fournit d'innombrables exemples. Si la peine du ban était juste, même lorsqu'elle frappe de véritables malfaiteurs, je dirais qu'aux négriers errans et fugitifs sur la terre, il faudrait, comme à Caïn, leur devancier, imprimer un signe indestructible qui les fît reconnaître partout, et qui partout inspirât l'horreur; mais une nation a-t-elle le droit d'exposer les autres au danger de recevoir des êtres pervers qu'elle chasse par la crainte qu'ils ne souillent la terre natale? Nous avons des bagnes, et pourquoi n'avons-nous pas encore un *Botany-Bay*? Ce n'est pas faute de territoire. C'est faute d'argent sans doute. A cela je n'ai rien à répondre, car tout le monde sait combien il en faut pour notre marine qui, depuis long-temps, joue un rôle si magnifique; il en faut pour des fêtes, des spectacles, des salles d'Opéra, et beaucoup d'autres choses dans une contrée où si souvent le superflu usurpe la place de l'utile, du nécessaire.

Au reste, quand même les criminels dont il s'agit ne seraient pas séquestrés de la société, quand même ils ne seraient pas astreints à un costume, à un signe qui les fît reconnaître, la sentence flétrissante obtiendra son effet, si elle est affichée en permanence dans tous les tribunaux, ports, bourses, amirautés, administrations, mairies, sans aucune exception; et si les coupables qu'elle frappe sont signalés publiquement dans la commune désignée pour leur domicile.

Sur l'être le plus dégradé, quelle impression doit faire sa situation habituelle! privé des droits civils et politiques, connu et cité partout comme inhumain, criminel, infâme, il voit tout le monde s'éloigner de lui avec effroi par la crainte de partager l'opprobre dont il s'est couvert.

CHAPITRE IV.

Moyens religieux qui peuvent seconder l'autorité publique pour l'abolition de la traite.

D'APRÈS ce titre, les observations suivantes paraîtront peut-être étrangères à mon sujet; j'aime à croire qu'après les avoir lues, on avouera qu'elles s'y rattachent.

Quoique les sentimens religieux soient déplorablement affaiblis parmi nous, la religion, principe du bonheur pour les individus dans le temps et au-delà des temps; principe de prospérité pour les États, est encore de tous les leviers le plus puissant : aussi la politique voulut presque toujours l'associer à ses forfaits, et faire de la religion ou plutôt de ses ministres, des instrumens. On me dispensera sans doute d'en fournir les preuves.

La postérité croira-t-elle que, depuis l'introduction de la traite jusqu'à présent, les marchands de sang humain ont prétendu la justifier comme moyen de convertir les idolâtres et de les amener au christianisme? Ce prétexte fut allégué jadis à un roi de France pour obtenir à ce sujet son autorisation. La donnait-il de bonne foi? C'eût été le comble de l'ineptie; feignait-il de croire que le motif allégué était admissible? Ce fait seul (sans compter celui de la mort de Cinq-Mars et plusieurs autres) suffiraît pour apprécier l'épithète de *juste* que donnaient à Louis XIII Malherbe et nombre de ses contemporains. Le même motif fut allégué, en 1811, par des tartufes de la Havane : cette ville est un des plus grands marchés pour la vente des esclaves.

Le sultan de Constantinople préconisait naguère son *inépuisable miséricorde* envers les Grecs, dans un firman qui probablement sera commenté par les défenseurs de la légitimité musulmane. Les planteurs en général tiennent le même langage en parlant de leurs noirs qui, disent-ils, sont *si heureux!* plus heureux que les paysans d'Europe. C'est sans doute par entêtement que les esclaves s'obstinent à ne pas croire à leur bonheur, quoiqu'on leur prodigue des coups de fouet pour les en convaincre.

Une multitude de faits attestent que souvent les femmes des planteurs surpassent leurs maris en cruauté. Le voyageur John Davis a donné récemment sur cet article de nouveaux détails. En Caroline, et surtout à Charlestown, pour les moindres fautes, elles envoient leurs esclaves mâles et femelles à *la maison d'enfer* (*to a hellish mansion*), pour être fouettés. Douze coups de fouet se paient un schelling. Mais on peut s'abonner à tant par an. Une dame de la ville en a montré l'exemple. Les malheureux noirs, toujours exposés à voir déchirer leur peau et briser leurs os, fuient quand ils peuvent.

Dans une gazette de la même ville, après avoir donné le signalement d'un esclave marron et promis 40 dollars à celui qui le ramènerait, le planteur ajoutait : « Mon nègre s'est échappé sans provocation ;

» car on sait que je suis bon maître et humain.... *on le*
» *reconnaîtra aux incisions de coups de fouet qu'il a*
» *sur le dos* (1). »

Ainsi la cupidité, dénaturant les notions les plus claires, offusque la raison, foule aux pieds la justice, l'humanité ; et à la face du ciel et de la terre, ces planteurs, ces négriers, ces Havanais osent se dire chrétiens !

Nulle part dans l'Évangile on ne lit que pour convertir les hommes, il faille les enchaîner ; avec de telles maximes, on justifierait l'inquisition, les dragonnades, la Saint-Barthélemi et les lois de sang publiées contre les catholiques dans un parlement *omnipotentiaire.* Les divines Écritures protesteront à jamais contre toute espèce de despotisme et de persécution ; mais les dévots et les négriers ont un nouvel évangile. Ces hypocrites qui prêchent l'obéissance passive, ont pour terme de comparaison, à l'autre extrémité de la ligne, de prétendus libéraux. L'incrédulité des uns fait des ennemis à la liberté ; le bigotisme des autres fait des ennemis à la religion. Les vrais chrétiens se placent entre ces deux écueils.

Toute société a le droit d'admission sur ceux qui veulent s'y agréger, et le droit d'exclusion sur ceux qui en sont membres, droit inhérent à sa nature et sans lequel l'anarchie pourrait la dissoudre. L'exclusion est ce que la politique nomme ostracisme, bannissement, mort civile, etc. ; ce que l'Église appelle

---

(1) Voy. Travel of four years and half in the United-States, by John Davis, 8o. London, 1813, p. 90 à 93.

excommunication. Les quakers, société religieuse et morale, l'appellent *désaveu*.

Les censures politiques furent souvent détournées de leur but et dénaturées dans leur application. On a cité précédemment Aristide chassé d'Athènes. Le général Moreau, à une époque où sa gloire était sans tache, fut relégué en Amérique. Les censures ecclésiastiques qui, dans la primitive Église, étaient un frein salutaire, lorsqu'elles ne frappaient que des coupables, furent souvent prodiguées pour servir la vengeance et l'esprit de domination. Un prince se vautrait dans le libertinage sans courir le risque d'être excommunié, mais il l'était pour avoir enfreint les immunités cléricales. Henri IV fut excommunié comme calviniste, mais non pour avoir souillé la couche de cent époux, et affiché l'exemple hideux de la débauche. Ne pourrait-on pas, ne devrait-on pas ramener ce pouvoir censorial à son but primitif? Les quakers en ont donné l'exemple lorsque, par un acte solennel, ils *désavouèrent*, excommunièrent, exclurent de leur société quiconque aurait des esclaves.

La *société hibernienne* de New-York, incorporée en 1807 par un acte du congrès américain, a prononcé unanimement, en 1810, la même exclusion, attendu « que ce qui est moralement criminel ne peut être » politiquement juste (1). »

Combien serait sublime l'acte par lequel, au nom de l'Église catholique, le chef des pasteurs prononce-

(1) Voy. Constitution of the Hibernian provident society of the city of New-Yorck, etc. 8°. Broklyn, 1810.

rait qu'elle exclut de son sein quiconque fait la traite ou garde des esclaves ! Mais peut-on concevoir à cet égard des espérances, quand une mesure moins éclatante, mais cependant très-utile, sollicitée à Rome, n'a pas même obtenu une réponse? C'est une anecdote qu'il faut léguer à l'histoire.

En 1683, par l'organe du cardinal Cibo, la congrégation de la Propagande enjoignit aux missionnaires d'Afrique de prêcher contre l'usage de vendre des hommes (1). Cent trente-cinq ans après, un évêque français, persuadé qu'il serait extrêmement utile de réitérer cette injonction, écrivit au cardinal Fontana, président actuel de la Propagande, la lettre suivante qui a été imprimée à Haïti dans le *Télégraphe* (2).

ÉMINENCE,

Vers la fin du dix-septième siècle (c'est, dit-on, en 1683), le cardinal Cibo, au nom de la congrégation de la Propagande, écrivant aux missionnaires du Congo, leur prescrivit d'employer l'ascendant de leur ministère pour réprimer l'usage de vendre les hommes et de les réduire en esclavage. Ce décret, si honorable pour l'autorité dont il émanait, est malheureusement trop peu connu ; car l'ayant rappelé dans plusieurs de mes écrits contre la traite et l'esclavage des Noirs, j'ai eu occasion d'apprendre qu'il avait causé à beaucoup de personnes une agréable surprise. L'heureux effet de cette

(1) Voy. dans la collection des Voyages, par Churchil, et dans Prévost, le Voyage du père Merolla au Congo.

(2) Du 25 mars 1821.

citation eût été plus étendu, si j'avais pu mettre sous les yeux des lecteurs une copie authentique et textuelle de la lettre du cardinal Cibo. L'illustre président de la congrégation pourrait facilement me procurer cette copie, mais l'obtention de cette grâce, à laquelle j'attache de l'intérêt, n'est encore qu'un accessoire à l'objet plus important que je vais soumettre à Votre Éminence.

L'avarice, pour qui rien n'est sacré que l'or, a étouffé chez de prétendus chrétiens la voix de la religion. Des millions d'hommes, la plupart Africains, ont été arrachés de leur terre natale; leurs larmes et leurs sueurs ont arrosé le sol de l'Amérique et spécialement des Antilles. Les missionnaires qui, de leurs efforts pour empêcher ces attentats contre l'humanité, n'avaient recueilli que des outrages, furent réduits à donner au zèle religieux une direction nouvelle, celle de consoler les malheureux, de les aider à supporter leurs fers par la perspective du bonheur dans cette éternité à laquelle aboutit notre course rapide sur la terre, et par le sentiment de cette bonté divine qui, en décernant à la vertu des couronnes immortelles, justifie la Providence.

Enfin, dans ces dernières années, les puissances européennes sont convenues d'abolir le commerce infâme de la traite; présage heureux que, par des moyens progressifs et sans secousse, l'esclavage aura prochainement un terme. Mais déjà de toutes parts la cupidité élude les mesures consacrées par l'Évangile et adoptées par la politique. Des renseignemens incontestables et multipliés attestent que la traite continue. Si l'infraction aux lois expose les armateurs négriers à quelques dangers, ces dangers sont compensés par les chances de profits énormes en cas de réussite, et fréquemment, des côtes d'Afrique, de Mozambique, de Madagascar partent des cargaisons d'esclaves pour être vendus, les uns dans les îles asiatiques; les autres, en plus grand nombre, à Cuba, à la Guadeloupe, à la Martinique, et autres îles de l'Atlantique. J'en excepte la république d'Haïti (Saint-Domingue) où une population libre, noire et mélangée, commence à développer tous les genres de talens et de vertus, mais où la disette de pasteurs, réduits à un très-petit nombre, restreint beaucoup les succès que promettent de si heureuses dispositions.

Il y a plus : les lois qui autorisaient jadis la traite des Africains, prohibaient la vente des Indiens asiatiques, des noirs à cheveux longs ; cependant, malgré le texte positif de ces lois, actuellement encore, aux îles de Bourbon et de France, plusieurs milliers de ces infortunés gémissent, dit-on, sous le joug d'une servitude que la cupidité tyrannique s'efforce de légitimer par des décisions judiciaires. On m'a cité un ecclésiastique qui, à l'île de Bourbon, s'étant récrié contre ce désordre, a été en butte aux outrages, et forcé de quitter la cure de Saint-Paul, une des principales de l'île, pour se confiner dans une chétive paroisse. M. l'abbé Giudicelly, missionnaire à Saint-Louis du Sénégal, a éprouvé les mêmes contradictions pour avoir montré un zèle éclairé et louable contre la traite. Avant de le connaître, la correspondance avec ce pays m'avait procuré, à cet égard, des détails qu'il m'a confirmés de vive voix, et qu'il s'empressera de mettre sous les yeux de la Propagande.

Cette Congrégation célèbre a conquis le respect et la reconnaissance de la chrétienté par les services qu'elle a rendus à l'Église catholique et aux sciences; elle s'assurerait un titre de plus aux hommages, si, d'après l'exposé des faits qui viennent d'être présentés, associant ses efforts à ceux des gouvernemens européens, par un décret solennel publié dans toutes les régions, elle réitérait à tous les missionnaires l'injonction de prêcher contre le crime de vendre les hommes. Que de biens résulterait d'une telle mesure!

1°. Elle serait une réponse victorieuse aux calomnies qui imputent à l'Église catholique de favoriser l'esclavage, conséquemment les calamités de l'espèce humaine.

2°. Elle affaiblirait les préventions de nos frères errans de diverses sociétés chrétiennes qui ont écrit, prêché et agi contre l'asservissement de nos semblables.

3°. Elle serait un titre de plus, pour les catholiques, à la bienveillance des gouvernemens protestans, et surtout de l'Angleterre dont les efforts persévérans ont déterminé les autres puissances à seconder ses vues pour l'abolition de la traite.

4°. Si les chefs ou plutôt les tyrans des tribus africaines, qui vendent leurs sujets comme des troupeaux, ont vu, avec regret, les lois rendues contre ce trafic, il est avéré que les peuples africains y ont applaudi, mais ils doutent de leur réalité en voyant que la traite continue. Ainsi, tandis que d'une part les autorités politiques prendraient des moyens efficaces pour réprimer un commerce ou plutôt un brigandage également honteux et affreux, d'une autre part la manifestation des décrets de la Congrégation de la Propagande, fondés sur l'enseignement irréfragable de l'Église cathotique, préparerait les esprits et les cœurs des peuples musulmans et idolâtres à recevoir les lumières de l'Évangile.

5°. Les missionnaires, appuyés sur les principes religieux, étayés par l'injonction de leurs supérieurs et par la protection de la puissance civile, rempliraient leur ministère avec plus de sécurité et de succès.

Éminence, depuis trente ans et plus, je me suis dévoué à la cause des enfans de l'Afrique, à travers des persécutions dont la continuité et la noirceur, loin d'amortir mon courage, l'ont acéré, et, jusqu'à mon dernier soupir, ils trouveront en moi un défenseur. Ayant fait une étude spéciale de tout ce qui se rattache à cette cause, lié d'ailleurs avec la plupart des hommes distingués qui, dans les deux mondes, et surtout en Angleterre, l'ont embrassée ; j'ai acquis peut-être quelque droit à la confiance, dans les mesures que je soumets à la sagesse de Votre Éminence. Je lui enverrai, par la première occasion, le dernier ouvrage que j'ai publié sous ce titre : *Manuel de piété, à l'usage des Hommes de couleurs et des Noirs.* En leur inculquant les vérités de la foi, et les maximes de la vertu ; en présentant à leur imitation des êtres humains de leur couleur, aujourd'hui citoyens du ciel, et dont le dernier a été canonisé par Sa Sainteté, le pape Pie VII, cet ouvrage doit fortifier l'attachement des Africains à l'Église catholique ; j'ai acquis la certitude que déjà il a produit quelque bien.

Quelle que soit la manière d'envisager les mesures proposées, j'aime à croire que Votre Éminence rendra justice au motif qui les a inspirées ; mais je persévère à croire que leur adoption contribuerait puissamment à la gloire de la religion, à la propagation de l'Évangile, et conséquemment au bonheur de l'espèce humaine.

Agréez, Éminence, les sentimens, etc.

Signé GRÉGOIRE,
Ancien évêque de Blois.

Paris, 7 décembre 1818.

Le pacha d'Égypte, Mehemed-Ali, a manifesté des sentimens humains qui lui ont mérité les éloges des voyageurs. Plusieurs fois m'est venue l'idée de lui adresser un Mémoire contre l'usage de vendre annuellement au Caire une caravane d'esclaves amenés de Nubie. Le Musulman, Mehemed-Ali, aurait probablement répondu, le cardinal Fontana n'a pas daigné répondre.

En exhalant la douleur qu'inspire un tel silence, peut-on du moins en adoucir l'amertume par l'espérance que le zèle individuel y suppléera ; que les missionnaires catholiques, disséminés sur le globe, auront le courage de revendiquer les droits imprescriptibles et solidaires de toute la famille à jouir de la liberté, et qu'ils feront retentir sur les côtes d'Afrique les anathêmes prononcés dans les saintes Écritures contre *les voleurs et les vendeurs d'hommes* (1)?

Vainement dira-t-on à des peuples ignorans que les maximes évangéliques inculquent les devoirs de justice et de charité, si cette doctrine n'est appuyée par l'exemple qui sera toujours le plus éloquent des prédi-

(1) Voy. Exod. 21, 16. — Deuter, 24, 7. — 1. Timot. 1, 10.

cateurs. Quelle idée peuvent-ils se former de notre religion, à l'aspect de ces Européens, prétendus chrétiens, qui vont les arracher des bras de leurs familles, pour les transporter dans des régions lointaines où, livrés par des tigres à d'autres tigres, ils traînent dans l'esclavage, les fatigues et les châtimens corporels, une vie de douleur, sans autre consolation, à la fin de chaque jour, que d'avoir fait quelques pas de plus vers le tombeau? Pour faire à la religion des prosélytes parmi les Noirs, réprimez d'abord la tyrannie des blancs.

Pourquoi ne dirait-on pas au clergé catholique que, sur cet objet, le clergé protestant de la Grande-Bretagne lui a montré l'exemple? Des évêques, des ministres anglicans et *dissenters* ont, par leurs sermons, devancé et provoqué l'acte du parlement qui abolit la traite (1). On répondra peut-être que chez nous l'autorité publique eût sévi contre l'orateur qui aurait attaqué un trafic autorisé; mais, depuis quatre ans, il est censé comme aboli, et l'on n'entend pas dire qu'à Paris ni dans nos ports, on ait prêché ni publié un seul discours contre un crime qui, également proscrit

---

(1) On cite contre la traite les sermons par Hayter, évêque de Norwich, en 1745; Warburthon, évêque de Glocester, en 1766; Porteus, évêque de Chester, ensuite de Londres, en 1783; Warren, évêque de Bangor, en 1783; Cornwallis, évêque de Lichtfield, en 1788; d'autres *clergymen* ont prêché et publié des sermons du même genre, MM. Saunderson, James Foster, Will. Agutter, Priestley, Mason, Bidlake, Hawker, Peckard, Booth, etc., etc.

par l'Évangile et par l'autorité publique, a été continué avec une audace effrénée.

Dans les premières années du dix-neuvième siècle, les synagogues, les temples, les églises catholiques retentissaient de sermons, de mandemens, dont plusieurs furent justement comparés aux bulletins de la grande armée. Sans cesse nos évêques et nos prêtres préconisaient et canonisaient presque le *nouveau Cyrus*, *le Constantin*, *le Théodose*, *le Charlemagne*, *l'envoyé du Très-Haut*, *l'homme de sa droite*, etc, etc. Il tombe, et aussitôt il est conspué. Niera-t-on que ces chaires, d'où ne devraient descendre que des paroles de paix, de bonté, ont retenti maintes fois d'imprécations, d'allusions, de bouffonneries, de sarcasmes, de doctrines serviles, d'accusations générales, dont l'effet le plus certain est de susciter des vengeances, de dégrader l'auguste religion, en substituant à la piété un cagotisme niais et cruel. On a entendu des sermons de première communion contre la liberté légitime, des mandemens de carême contre l'enseignement mutuel ; pourrait-on en citer un seul contre le plus abominable des trafics?

Ce douloureux paragraphe sera terminé par l'éloge d'un pasteur digne de ce nom, consigné dans une lettre d'un habitant de la Martinique.

En 1815, quelques esclaves noirs et sang-mêlés des deux sexes tentèrent de s'évader et de recouvrer leur liberté ; mais, au moment d'effectuer leur projet, ils furent saisis et condamnés par le conseil supérieur séant au Fort-Royal, les uns à être fouettés, marqués, envoyés aux galères à perpétuité ; d'autres à avoir les *jarrets coupés* ; d'autres à être pendus et *leurs corps jetés à la voirie*. Le motif de la sentence est spécifié :

c'est pour avoir voulu *ravir à leur maître le prix de leur valeur.* L'arrêt fut exécuté le 4 décembre 1815. L'abbé Le Goff, curé de la paroisse du *Prêcheur*, ne pouvant les soustraire à la mort, se montra du moins leur consolateur et celui de leurs parens (1).

Supposons pour un moment que les juges du conseil supérieur se trouvent dans la même position que les victimes immolées par eux, et que, réduits en esclavage, ils tentent de s'évader ; j'en appelle à leur conscience, à celle du lecteur ; que penseraient-ils d'un jugement qui, pour ce prétendu crime, les dévouerait au supplice?

---

(1) Voy. cet arrêt à la suite de l'ouvrage.

CHAPITRE V.

Autres mesures pour parvenir à l'abolition définitive de la traite.

La confiscation du bâtiment négrier et de la cargaison, l'arrestation du capitaine et de tous les agens du crime, en descendant jusqu'aux mousses, leur traduction à la Cour d'assises, entrent dans le cours régulier de la procédure; mais les peines infamantes pour expier l'attentat contre la société, ne sont pas un *dédommagement* envers les esclaves libérés. La justice et l'humanité auront pourvu à leurs pressans besoins; mais soit qu'ils désirent retourner dans leur contrée natale, soit qu'ils préfèrent de rester dans le pays où s'est opérée leur délivrance, des indemnités leur sont dues. Eux et leurs familles ont une hypothèque incontestable sur toutes les propriétés mobiliaires et immobiliaires de leurs oppresseurs. Si elles sont insuffisantes, la singularité du moyen suivant, pour y suppléer, ne m'empêche pas de le proposer avec confiance.

J'ai réprouvé la peine de mort contre les assassins, parce qu'elle ne répare le mal en aucune sorte, ni envers la société, ni envers la victime; on pourrait le réparer par d'autres punitions qui rentrent dans le cercle de ce qu'on nomme peine du talion. Tel serait l'esclavage légal de celui qui a voulu ravir la liberté; ainsi, acheteurs et vendeurs d'hommes, soyez vendus... vendus au profit de ceux que vous avez rendus ou voulu rendre esclaves; vendus en Amérique ou en Afrique, peu importe. Niera-t-on que cette peine soit conforme aux règles strictes de la justice ? Cependant il faut d'autres mesures si l'on veut sincèrement extirper le mal dans sa racine.

Des ministres, toujours riches en promesses, pourraient tromper passagèrement des hommes abondamment pourvus de crédulité; mais elle serait bientôt désabusée en comparant les discours et les actions, car les actions seules donnent la clef du cœur.

Sur l'abolition de la traite, n'a-t-on pas multiplié les plus brillantes promesses ? N'a-t-on pas assuré qu'elle n'avait plus lieu? N'a-t-on pas appelé calomniateurs ceux qui assuraient le contraire? N'a-t-on pas menacé de mettre en jugement les témoins oculaires de ce trafic? et lorsque, les preuves à la main, ils ont eux-mêmes provoqué l'exécution de cette menace, n'a-t-on pas gardé le silence ?

En 1819, un navire négrier, *le Rôdeur*, faisant route pour la Guadeloupe avec un chargement d'esclaves, beaucoup de ces malheureux, affectés de nostalgie et livrés au désespoir, s'étaient précipités dans les flots en se tenant embrassés les uns les autres. Le capitaine, craignant que leur exemple ne le privât totalement de sa proie, fait pendre des noirs dans l'espérance que le spectacle de leur supplice empêchera les autres de se noyer.

Une ophthalmie contagieuse ayant ensuite exercé sur son navire de tels ravages, que trente-neuf noirs furent frappés de cécité, le capitaine les fait jeter à la mer.

En 1820, un autre navire, *la Jeune Estelle* de la Martinique, abordé par un croiseur anglais, assure n'avoir aucun esclave à bord ; mais des gémissemens sourds se font entendre, et l'on trouve entassées dans un tonneau deux jeunes négresses qui étaient dans le dernier état de suffocation (1). Quelles poursuites a-t-on dirigées? de quelles peines a-t-on frappé les auteurs de ces actes d'une férocité inouïe? Cependant notre Code actuel est ici applicable (2).

Précédemment on a fait sentir combien sont illusoires des croisières établies sur un espace très-limité, près des établissemens français, tandis que la traite s'exerce sans obstacle sur une vaste étendue de côtes ; dira-t-on que c'est faute de moyens, tandis qu'annuellement on présente un état pompeux de notre marine, et qu'à son entretien sont consacrés tant de millions auxquels chaque session des Chambres ajoute un supplément qui s'accroît toujours ?

Dans un état de paix, dans un état presque de nullité pour le commerce, à quoi donc sont employés ces vaisseaux, ces frégates, ces corvettes, ces briks dont on étale l'énumération ?

On fait des battues dans les forêts pour détruire les loups, pour détruire des repaires de voleurs ou de contrebandiers; il serait à désirer que pour donner la chasse aux négriers, on formât des escadres composées de contingens fournis par toutes les puissances maritimes;

---

(1) Voy. de l'Etat actuel de la traite, etc., p. 86 et suivantes; *ibid*, p. 109 et suivantes.

(2) Voyez dans l'Appendice les extraits du Code des délits et des peines.

mais, si l'on ne peut obtenir leur concours simultané à cet égard, que du moins l'Angleterre et la France, si long-temps rivales pour leurs intérêts, rivalisent de zèle pour le bien de l'humanité.

Les puissances belligérantes donnent communément des lettres de marque pour faire la course en mer ; ce n'est pas ici le cas d'examiner, sous le point de vue moral, un usage correspondant à celui qui autoriserait le brigandage sur terre ; mais certes rien ne serait plus juste que d'autoriser la course contre les négriers, comme pirates ; car peut-on les envisager autrement ?

Un moyen proposé par l'Angleterre à la France, est la visite réciproque des bâtimens par les vaisseaux de guerre. A l'instant on s'est récrié que c'était compromettre l'honneur national ; que l'honneur national repousse une telle proposition, ce qui est absurde, puisque la visite serait réciproque. Le Portugal et les Pays-Bas, qui ont accédé à cette demande, n'ont-ils pas aussi l'honneur à conserver ?

Une disposition indispensable est l'enregistrement des esclaves existans dans les colonies pour en constater le nombre actuel, et empêcher l'introduction d'autres esclaves. Quand cette mesure fut proposée en Angleterre, elle trouva de violens contradicteurs ; à défaut d'argumens plausibles, un M. Georges Chalmers traita de jacobins ceux qui l'adoptaient ; il en eût fait volontiers des *factieux*, des *séditieux* (1). Tenez pour certain que chez nous il en sera de même. Le parlement britannique, sans s'inquiéter des accusations de *jacobinisme*, a, par divers bills, statué sur les formes à

(1) Voy. le Philanthropist, t. VI, n° 24, p. 292 et suivantes.

suivre dans cette opération, de manière à prévenir les supercheries. Je ne vois rien de mieux à faire que de suivre cette marche avec l'attention spéciale de ne confier ce travail qu'à des commissaires envoyés d'Europe et d'une intégrité reconnue.

Une conséquence immédiate de l'enregistrement, c'est la mise en liberté *avec indemnité* de tous les esclaves introduits en contrebande depuis 1817. On ne manquera pas d'objecter que les Noirs de traite une fois établis sur les plantations, il est impossible de les distinguer. Vain subterfuge ; il existe plusieurs moyens pour reconnaître les Nègres importés postérieurement à cette époque.

1°. Le dénombrement fourni par chaque planteur, à l'administration coloniale, des Nègres existans à la fin de l'année, ainsi que des naissances et décès survenus ;

2°. Les registres de baptême de chaque paroisse, les Noirs nouveaux étant ordinairement baptisés dans les premiers mois de leur arrivée ;

3°. Le témoignage des Noirs eux-mêmes et celui de leurs compagnons qui se rappellent très-bien la date de leur entrée sur la plantation. Les Noirs d'Afrique connaissent les noms du lieu de leur départ, du navire, du capitaine négrier, du négociant qui les a vendus. Si la mémoire de l'un est en défaut, les Noirs de la même cargaison, qu'ils rencontrent au bourg le dimanche, pourront l'en informer.

La mise en liberté des esclaves introduits en fraude, et l'indemnité due pour leur travail, sont des actes de justice qui déconcerteront les spéculateurs.

Quelqu'un a proposé d'envoyer aux îles de la Martinique, Guadeloupe, Cayenne, Bourbon, des agens affidés et secrets, en surveillance habituelle contre les négriers. La délicatesse repousse un moyen qui se rattache au système d'espionnage, l'un des grands ressorts de la politique moderne; système qui, établissant la défiance et l'hypocrisie, contribue si puissamment à dépraver les nations; système outrageant pour ceux qui en sont l'objet, avilissant pour ceux qui l'exercent, et flétrissant, d'une tache indélébile, ceux qui le soudoient; système inventé par l'ineptie, car l'emploi de moyens obscurs, tortueux et odieux, atteste l'incapacité à gouverner par des formes légales, et à suivre la route tracée par Suger, Sully, Turgot, Malesherbes.

Et pourquoi des agens secrets, lorsque, dans tous les établissemens, vous avez des fonctionnaires publics? Négligent-ils les devoirs de leur état? Cette conduite peut-être accuse votre choix? Alors changez-les, et choisissez mieux; surtout envoyez dans ces possessions lointaines des magistrats européens, et non des planteurs qui, intéressés au maintien des abus, sont juges et parties contre les Noirs et les Sang-mêlés. Que leurs causes soient jugées par des tribunaux réguliers et non d'exception, et que la voie d'appel aux tribunaux européens leur soit ouverte.

Telle est encore chez une foule de personnes l'ignorance, qu'elles n'ont pas d'idées précises sur les caractères distinctifs de ce qu'on appelle constitution, lois et ordonnances. Il n'est donc pas inutile d'ajouter que les mesures, proposées pour prévenir la traite et punir les négriers, doivent être l'objet de lois et non d'ordonnances, dont le caractère distinctif est de faire exécuter les lois.

Dans nos temps modernes, la plupart des hommes qui, de droit ou de fait, président aux destinées des peuples, semblent croire que, pour bien gouverner, il suffit d'ordonner. De là cette exubérance législative, ce bagage énorme de Codes compliqués et quelquefois contradictoires, inusités même, jamais abrogés ou réduits, et toujours menaçans; la chicane et l'arbitraire ne manquent pas de les exploiter en opprimant. Dans tout pays, ce qui tient au régime fiscal est le plus soigneusement exécuté, car tant de gens aiment à s'approprier ces métaux dont la valeur idéale représente toutes les valeurs matérielles. Il n'en est pas de même sur beaucoup d'autres articles. Contre la traïte, par exemple, vainement on multipliera, on entassera les lois, les ordonnances; elles resteront inexécutées, si leur application n'est confiée à des mains pures. En trouve-t-on facilement chez des nations où l'hypocrisie, la déception, réduites en systèmes, tendent à rétrécir les esprits, à dépraver les cœurs? Beaucoup de lois seraient inutiles et tomberaient en désuétude, si, pour rendre les citoyens vertueux, on y consacrait seulement une partie des sommes et des soins qu'on emploie à les asservir, à les dégrader. L'art de gouverner consiste moins à prescrire des devoirs, qu'à les faire connaître par la conviction qui subjugue l'esprit, à les faire aimer par la persuasion qui entraîne le cœur. Que sert de répéter avec emphase le célèbre axiome, *quid leges sine moribus?* si l'on n'a pas assuré aux lois une garantie par l'éducation entée sur le sentiment religieux, base essentielle de toute organisation sociale, et sans lequel elle s'écroulera?

Au milieu des ténèbres du polythéisme, l'éducation

était une partie constitutive de ces républiques grecques, dont nos vœux sollicitent la résurrection. Le mot *civilisation*, non telle qu'elle est, mais telle qu'elle devrait être, présente la double notion des facultés intellectuelles et de la pratique des vertus développées à un haut degré ; mais depuis long-temps chez nous on fait tout pour l'esprit et presque rien pour le cœur. L'instruction est aussi commune que l'éducation est rare. En sorte que les dons de l'esprit, qui devraient servir d'appui à la morale, deviennent souvent des armes contre elle.

Mais l'instruction même, que sera-t-elle, si enfin s'exécute le plan concerté et déjà partiellement exécuté de la confier à une classe d'hommes qui s'efforceront d'imprimer à l'enfance les formes du despotisme, et même de lui donner un caractère dogmatique, en le plaçant sous l'égide de la religion qui le repousse et l'abhorre ?

Rappelez-vous des serviles sous le titre de professeurs qui, à Paris et dans les départemens, fatiguaient, excédaient la patience de leurs élèves, en leur donnant pour sujet d'amplifications, l'apothéose d'un despote qu'ils ont maudit à l'envi dès le lendemain de sa chute. Est-elle naturalisée parmi nous cette souillure adulatrice par laquelle se sont flétris tant d'hommes dans les classes les plus élevées, les plus cultivées de la société, évêques, prêtres, sénateurs, députés, magistrats, préfets, poëtes, artistes, etc., etc. Faisons des vœux pour que cette contagion déplorable n'infecte pas une jeunesse qui accueille avidement tout ce qui rappelle à l'homme sa dignité et sa haute destinée. Supposons, par exemple, que pour sujet de concours des prix dans vos écoles, on propose la question de la traite et de l'esclavage; tenez pour certain que la fermentation du talent va faire explosion en prose, en vers, en grec, en latin, en français, et vous verrez ce que peuvent enfanter, par leur réunion, la précocité du génie et un élan naturel vers tout ce qui est juste, grand et généreux.

Ne devraient-elles pas montrer l'exemple ces sociétés savantes, ces académies qui retentissent si souvent de fades éloges? Quand quittera-t-on cette ignoble routine? La littérature aussi a donc ses *gémonies* et ses cloaques; c'est le réceptacle définitif des complimens débités dans les chaires et les tribunes, au barreau et au Parnasse.

Par des institutions nationales et par l'exemple, plus facilement que par des lois, on transforme en esprit public les principes vrais, les sentimens purs. L'éducation est le moyen le plus sûr pour obtenir ce résultat, et vous l'obtiendrez si, dans les établissemens destinés à la jeunesse, l'écriture, la peinture, la lithographie, et tous les genres d'instruction retracent sans cesse, non-seulement des idées propres à éclairer l'esprit, mais bien plus encore les événemens, les faits, les maximes qui agissent utilement sur les cœurs; si vers ce but est dirigé le cours des études par les bons livres distribués aux élèves, par les modèles qu'on place sous leurs yeux, par les sujets sur lesquels on essaie leurs talens.

Ils avaient bien compris cette puissance publique, ces Hollandais qui, dans leurs écoles, avaient répandu un ouvrage dont les récits et les gravures rappelaient sans cesse à leurs enfans les dévastations commises dans leur pays sous Louis XIV (1), et les fléaux dont il les avait accablés.

Il avait bieu compris la puissance de l'éducation, ce potentat qui, de nos jours, a tenté sans succès de ridiculiser la liberté en l'appelant *idéologie*.

Combien d'hommes titrés, prônés, et actuellement en place, secondèrent tous ses projets pour *vacciner* le despotisme. N'ont-ils pas voulu arracher des mains de la jeunesse certains classiques grecs et latins, coupables de haine contre les oppresseurs, surtout ce Tacite qui, non content d'être libéral, il y a seize cents ans, eut l'audace de révéler à tous les siècles les forfaits des tyrans? Car, après la Bible et surtout après l'Évangile, parmi les ouvrages que certaines gens appellent *séditieux*, Tacite figure au premier rang.

---

(1) Voy. le livre intitulé : *De Frenche tyranny*, in-12, Amsterdam, 1674.

CHAPITRE VI.

Application de la peine infamante.

Un Anglais disait : *Il y a telle action pour laquelle je me contenterais de mettre* UN HOMME DU PEUPLE *à l'amende ou en prison, car l'amende et la prison ne doivent pas être cumulées; mais je ferais pendre un lord par respect pour sa dignité.* Cette idée peut trouver des approbateurs dans un pays où l'on croit qu'un lord est un ressort nécessaire du mécanisme politique.

Mais dans une contrée où l'agriculture, les manufactures sont reconnues plus utiles à la société que les priviléges et les titres; où la dignité d'homme, la première dans l'ordre de la création, n'est point effacée par les égards accordés aux dignités conventionnelles qu'on a introduites dans la structure du gouvernement; où chacun, quel que soit son rang dans cette hiérarchie sociale, doit s'honorer d'être *plébéien, homme du peuple,* et de participer à la *majesté de la nation*, expression vraie et, je ne sais comment, échappée à la plume de M. Ferrand, pair de France(1), toutes les places étant accessibles, ou du moins réputées telles, à tous les genres

(1) Voy. Éloge de madame Élisabeth de France, 8°, Paris, 1814, p. 104.

de mérite, les punitions comme les récompenses doivent être réparties dans le même ordre. La loi, émanation de la justice éternelle, mesurant ses rigueurs sur la gravité du crime, doit sans distinction frapper les coupables. Dévier de ce principe, ce serait faciliter l'accès à toutes les iniquités. Hélas! trop souvent encore se vérifiera l'ingénieuse comparaison qu'on a faite des lois aux toiles d'araignée qui retiennent le moucheron, mais qui sont brisées par un insecte plus volumineux. De grands coupables, retranchés derrière le rideau d'où ils feraient mouvoir les automates sacrifiés, échapperaient si facilement à la rigueur des lois! Pourraient-elles jamais les atteindre, si, pour avoir un avis, les juges allaient prendre le mot d'ordre; s'ils étaient des hommes dont on pût acheter les votes et le silence, et auxquels, avec de l'or, on pût fermer la bouche et les yeux?

Nous avons dit qu'il faut poursuivre les armateurs, affréteurs, assureurs, commanditaires, capitaines, lieutenans, contre-maîtres, et descendre jusqu'au mousse, car tous sont complices (1).

Les criminalistes ont disserté sur la complicité et la proportion dans laquelle les peines doivent être infligées. La loi à intervenir doit tracer des règles fixes à cet égard, et ne pas livrer le sort des accusés aux chances arbitraires du système interprétatif qui, dans l'histoire de la législation moderne, fournira d'épouvantables épisodes.

La tentative du crime doit encore être prévue. Il est nombre de cas où elle sera occulte et conséquemment

---

(1) Voy. dans l'Appendice, l'art. 59 du Code des délits et des peines.

inattaquable. Un navire fait voile pour la Guinée avec l'intention formelle d'y faire la traite ; cette intention se couvre du projet d'acheter du morfil, de la poudre d'or, de l'huile de palme, de la gomme. Mais cette excuse peut-elle s'appliquer au projet imprimé d'armement, par le Dentu, du Hâvre, pour aller à la côte d'Afrique acheter cent à cent cinq *mulets* qui, sur une *goëlette de soixante-dix tonneaux*, seraient portés et vendus aux Antilles (1)?

Sur l'article de la traite, comme pour tout autre crime ou délit, un innocent peut être accusé ; mais, si avant que son innocence fût reconnue, il a été traîné dans les prisons, quel dédommagement lui assignerez-vous? Dans tous les pays, lorsque pour un objet d'utilité publique, on s'empare d'un champ, de la maison d'un citoyen, il est indemnisé de la perte de sa propriété. Rien de plus juste, et dès lors, rien n'est plus injuste que de ne pas dédommager l'homme reconnu innocent, qui a gémi dans les cachots. L'altération de sa santé, les chagrins qu'il a éprouvés, ainsi que sa famille, sont un mal irréparable ; que du moins la société compense le tort fait à sa fortune. Cet article est une lacune dans notre législation, il en est de même de la prise à partie, pour certains cas que la loi n'a pas encore spécifiés, tel serait, ce me semble, celui de l'étrange jugement rendu à la Martinique, dont on a parlé, et qui est imprimé à la suite de cet ouvrage.

---

(1) Voy. de l'État actuel de la traite, etc, p. 126 et suivantes.

CHAPITRE VII.

Durée de la peine infamante.

Dieu fit du repentir la vertu des mortels.

CETTE maxime est fausse dans sa généralité : refuserait-on le titre d'homme vertueux à celui qui n'aurait jamais cédé aux attraits du vice, pour ne l'accorder qu'à celui qui, après avoir failli, se serait relevé de sa chute? on n'exige pas d'un poëte la précision d'un logicien, mais remarquons, en passant, la mauvaise foi des écrivains anti-chrétiens : parle-t-on des rigueurs de la justice céleste? ils accusent le christianisme de montrer en Dieu un être impitoyable? Parle-t-on de sa miséricorde? ils accusent le christianisme de favoriser le vice, en admettant des actes expiatoires; alors, impitoyables eux-mêmes, ils repoussent donc le repentir.

Les institutions les plus sacrées se dénaturent par l'ignorance ou par la perversité des hommes; mais reproche-t-on à l'imprimerie de publier des calomnies et des obscénités, au télégraphe de transmettre quelquefois des arrêts de sang, à la justice d'être quelquefois administrée par des prévaricateurs? Une censure méritée s'élèvera toujours contre cette prodigalité d'absolutions et d'indulgences inconnues à la primitive Église et contraires à son esprit, par lesquelles on endort les coupables dans une fausse sécurité; mais vous savez, lecteur, à quelle société appartiennent ces casuistes relâchés au dire desquels :

Il est avec le ciel des accommodemens.

La réconciliation religieuse, l'indulgence sont, en matière ecclésiastique, ce que, dans les affaires civiles, on appelle le *droit de faire grâce*; la justice humaine doit avoir pour type la justice divine. Fermer la porte au repentir, ce serait ouvrir celle du désespoir; autant vaudrait graver au frontispice de vos cachots la fameuse inscription que Le Dante place sur le frontispice des enfers.

L'homme à qui vous laissez la vie, mais qui n'attend plus rien de la société, est contre elle dans un état d'hostilité permanente; si au contraire son exhérédation n'est que temporaire, si un rayon d'espérance lui sourit, elle soutient ses forces, elle alimente son courage. Tel qui fut autrefois un fléau pour la société, peut y rentrer sous l'escorte de la vertu. Le fameux voleur Barrington, déporté à Botanny-Bay y a, dit-on, rempli dans la suite avec distinction les fonctions de juge de paix.

Inspirez au coupable le désir de reconquérir l'estime de ses semblables; quand, par le laps de temps et surtout par le changement constaté de son état moral, il aura expié ses torts, déclarez que sa flétrissure est éteinte; s'il est fidèle à remplir tous ses devoirs, il a reconquis tous ses droits.

APPENDICE.

Extraits du Code des délits et des peines.

Articles applicables aux crimes des négriers.

Art. 7. Les peines afflictives et infamantes sont :

1°. La mort;

2°. Les travaux forcés à perpétuité;

3°. La déportation;

4°. Les travaux forcés à temps;

5°. La réclusion.

Art. 8. Les peines infamantes sont :

1°. Le carcan;

2°. Le bannissement;

3°. La dégradation civique.

Art. 10. La condamnation aux peines établies par la loi, est toujours prononcée, sans préjudice des restitutions et dommages-intérêts, qui peuvent être dus aux parties.

Art. 55. Tous les individus condamnés pour un même crime, ou pour un même délit, sont tenus solidairement des amendes, des restitutions, des dommages-intérêts et des frais.

Art. 59. Les complices d'un crime ou d'un délit, seront punis de la même peine que les auteurs mêmes de ce crime ou de ce délit, sauf le cas où la loi en aurait disposé autrement.

Art. 167. Toute forfaiture, pour laquelle la loi ne prononce pas de peines plus graves, est punie de la dégradation civique.

Art. 265. Toute association de malfaiteurs, envers

les personnes ou les propriétés, est un crime contre la paix publique.

(*Vol. VII*, *n°* 102). *Gazette de la Martinique*, *du vendredi* 15 *décembre* 1815.

Martinique, Fort-Royal, le 30 novembre.

Arrêt du conseil supérieur, séant au Fort-Royal, le jeudi 30 novembre 1815.

Louis, par la grâce de Dieu, roi de France et de Navarre, à tous présens et à venir, salut :

Le conseil supérieur de l'île Martinique a rendu l'arrêt suivant :

Vu le procès criminel, instruit et poursuivi à la requête et sur les diligences du substitut du procureur-général du Roi, en la sénéchaussée de Saint-Pierre, demandeur, accusateur, agissant de son office contre divers esclaves arrêtés en mer dans un canot, par eux enlevé, s'évadant de la colonie à l'étranger, et contre tous fauteurs et complices de leur évasion.

Sur lequel procès est intervenu jugement, le jeudi 23 du présent mois, rendu par Me Jean-Amans Astorg, conseiller du Roi, sénéchal de ladite sénéchaussée, assisté de MM. *Pecoul* et *Pronzat*, second et troisième substituts dudit procureur du Roi en ladite sénéchaussée, et composant la chambre.

Par lequel jugement, les premiers juges ont déclaré les accusés, ci-après nommés, dûment atteints et convaincus, savoir :

Edouard, câpre, esclave du sieur *Pitault* père; *Agenor*, dit *Jeannon*, mulâtre, esclave du sieur *Joseph*

Perpigna ; Louis, mulâtre, esclave du sieur *Edouard Patrice ; St.-Prix*, mulâtre, esclave de la demoiselle *Dutournay ; Charles*, dit *Charlery*, mulâtre, esclave du sieur *Gerald de Faye*; *John*, nègre, esclave du sieur *O'mullane*; *Michel*, mulâtre, esclave de M. *Jorna de la Cale ; Pierre*, dit *Caprice*, et *William*, nègres, esclaves du sieur *Genet Dürosaire* ; et le mulâtre *Elizée*, esclave du sieur *Faugas* , d'avoir ensemble, ou séparément, formé le projet de s'évader de la colonie ; de s'être réunis avec *Jean Philippe*, esclave du sieur *Assier* ; et *Reymond*, esclave du sieur *Sainte-Croix* (lesquels se sont l'un et l'autre noyés au moment de leur arrestation), pour enlever un canot appartenant à la nommée *Reynette*, mulâtresse libre, et effectuer le projet de leur évasion ; de l'avoir réalisé en s'embarquant tous ensemble dans ledit canot, enlevé après effraction de la chaîne et du cadenas, qui le tenaient attaché à deux autres canots ; et à bord duquel ils ont été pris et arrêtés par la chaloupe de ronde, dans la nuit du 17 au 18 septembre, à une lieue et demie de la côte, faisant route pour joindre une goëlette anglaise, qui devait les porter dans une île étrangère, et d'*avoir voulu ainsi ravir à leurs maîtres le prix de leur valeur*.

Le dit *Elizée*, particulièrement d'avoir volé 300 gourdes d'espèces, qui lui avaient été confiées par le sieur Reynouard, pour être remises au sieur Ancinelle, du Fort-Royal.

Les mulâtresses *Aï* et *Agnes*, l'une et l'autre esclaves du sieur *Édouard-Henri*, d'avoir donné retraite à *Élizée*, doublement coupable de vol et de marronnage ; de l'avoir recelé, en lui procurant un asile dans la maison ou la chambre qu'occupait *Jean-Philippe*, sous prétexte de piété, et encore en fournissant à la nourriture et à l'entretien dudit *Elizée* pendant environ trois mois qu'a duré son marronnage, et enfin de lui avoir facilité les moyens de disparaître et de s'évader à l'étranger avec le dit *Jean-Philippe*.

Pour réparation de quoi lesdits premiers juges, en conformité des articles 3, 4 et 5 de l'ordonnance du roi du 1er février 1743, ont condamné ledit mulâtre *Élizée*, esclave du sieur *Faugas*, accusé, à être tiré des prisons, et conduit, par l'exécuteur des hautes-œuvres, au lieu ordinaire des exécutions de la ville de Saint-Pierre, pour y être pendu par ledit exécuteur, et étranglé jusqu'à ce que mort s'ensuive, à la potence qui s'y trouve plantée; *son corps mort jeté à la voirie*.

Et lesdits *Édouard*, câpre, esclave du sieur *Pitault* père; *Agenor*, dit *Jeannon*, mulâtre, esclave du sieur *Joseph Perpigna*; *Louis*, mulâtre, esclave du sieur *Édouard Patrice*; *Saint-Prix*, mulâtre, esclave de la demoiselle *Dutournay*; *Charles*, dit *Charlery*, esclave du sieur *Gerald de Faye*; *John*, nègre, esclave du sieur *O'mullane*; *Michel*, mulâtre, esclave de M. *Jorna de la Cale*; *Pierre*, dit *Caprice*, et *William*, esclaves du sieur *Genet Durosaire*; *Agnès* et *Aï*, mulâtresses, esclaves du sieur *Édouard-Henri*; tous accusés, à être tirés des prisons, et conduits par l'exécuteur des hautes-œuvres, au lieu ordinaire des exécutions de ladite ville de Saint-Pierre, pour y être fouettés de vingt-neuf coups de fouet, par le dit exécuteur, marqués sur l'épaule droite d'un fer rouge, en forme de lettres G. A. L., et conduits aux galères, pour y servir le Roi à perpétuité comme forçats.

Ont déchargé la petite mulâtresse *Donnette* de toutes accusations, et ordonné qu'elle serait élargie de la geôle et son écrou biffé.

Vu les conclusions du procureur général du Roi, ouvertes sur le bureau, et portant appel *à minimâ* dudit jugement;

Ouï les accusés en leurs interrogatoires, subis devant la Cour; savoir, par la petite mulâtresse *Donnette*, par écrit et à la barre, et les autres verbalement et sur la sellette;

Ouï le rapport verbal de ladite procédure, par M. *le Jeune de Lamotte*, conseiller titulaire;

Tout vu, considéré et mûrement examiné;

La Cour, faisant droit sur l'appel *à minimâ* du procureur général du Roi, a mis l'appellation et jugement, dont est appel, au néant, en ce que, 1° les accusés nommés *Édouard*, câpre, esclave du sieur *Pitault*; *Agenor*, dit *Jeannon*, mulâtre, esclave du sieur *Joseph Perpigna*; *Louis*, mulâtre, esclave du sieur *Édouard Patrice*; *Saint-Prix*, esclave de la demoiselle *Dutournay*; *Charles*, dit *Charlery*, mulâtre, esclave du sieur *Gerald de Faye*; *John*, nègre, esclave du sieur *O'mullane*; *Michel*, mulâtre, esclave de M. *Jorna de la Cale*; *Pierre*, dit *Caprice*, et *William*, esclaves du sieur *Genet Durosaire*, n'ont été condamnés qu'à être fouettés et marqués, et mis aux galères perpétuelles.

2°. En ce que la mulâtresse *Aï*, esclave du sieur *Édouard Henry*, a été condamnée simplement à être fouettée et marquée, mise aux galères perpétuelles;

3°. En ce que la mulâtresse nommée *Agnès*, esclave

dudit sieur *Édouard Henry*, a été condamnée à être fouettée et marquée, et mise aux galères perpétuelles.

Émendant quant à ces trois chefs dudit jugement, ordonne que lesdits accusés susnommés, savoir : *Édouard*, *Agenor*, dit *Jeannon*, *Louis*, *Saint-Prix*, *Charles*, dit *Charlery*, *John*, *Michel*, *Pierre*, dit *Caprice*, et *William*, seront tirés des prisons et conduits par l'exécuteur de la haute justice, au lieu ordinaire des exécutions de la ville de Saint-Pierre, pour y être pendus par ledit exécuteur, et étranglés jusqu'à ce que mort s'ensuive, à une potence qui y sera plantée, si fait n'a été, et *leurs corps morts jetés à la voirie.*

Ordonne que les deux mulâtresses, nommées *Aï* et *Agnès*, assisteront à l'exécution du présent arrêt ; que, de plus, ladite *Aï* sera fouttée, sur ladite place, de vingt-neuf coups de fouet par les mains dudit exécuteur de la haute justice, et marquée sur l'épaule droite d'un fer rouge, portant l'empreinte des trois lettres G. A. L., et ensuite conduite aux galères pour y servir le roi comme forçat à perpétuité.

Ordonne qu'il sera plus amplement et indéfiniment informé contre ladite mulâtresse *Agnès*, laquelle gardera prison dans la nouvelle geôle du Fort-Royal.

Le résidu du jugement exécuté selon sa forme et teneur. La cour renvoie l'exécution du présent arrêt devant les officiers de la sénéchaussée de Saint-Pierre, et ordonne que ledit arrêt sera imprimé et affiché partout où besoin sera.

Mandons et ordonnons à tous huissiers, sur ce requis, de mettre ledit arrêt à exécution ; à nos procureurs près les sénéchaussées d'y tenir la main ; à tous commandans et officiers de la force publique

Perpigna ; et *Victor*, esclave du sieur *Clément*, négociant en ladite ville de Saint-Pierre, tous trois mulâtres ; d'avoir, soit par séduction, soit de leur propre mouvement, entrepris et exécuté le projet de s'évader de la colonie, et passer à l'étranger ; d'avoir par-là, et en s'embarquant sur une goëlette qui les a portés à Saint-Barthélemy, ainsi que les susnommés *Marcel* et *Joseph*, *ravi à leurs maîtres le prix de leur valeur*.

Pour réparation de quoi lesdits premiers juges ont, conformément aux articles 3, 4 et 5 de l'ordonnance du Roi, du 1er février 1743, enregistrée au conseil souverain de cette île, condamné *Marcel*, nègre, esclave du sieur *Poncy* ; et *Joseph*, esclave de *Laventure*, à être tirés des prisons, et conduits par l'exécuteur des hautes-œuvres, au lieu ordinaire des exécutions de la ville de Saint-Pierre, pour y être *pendus et étranglés, jusqu'à ce que mort s'ensuive, à la potence qui s'y trouve plantée, leurs corps morts jetés à la voirie.*

Les nommés *Victor*, mulâtre du sieur *Clément*, *Elie*, mulâtre, esclave du sieur *Raymond de Perpigna*, et *Charlery*, mulâtre, esclave de *Rachel*, femme de couleur libre, à être conduits par l'exécuteur des hautes-œuvres au lieu ordinaire des exécutions de ladite ville de Saint-Pierre, pour y être fouettés de vingt-neuf coups de fouet, marqués sur l'épaule droite d'un fer chaud, en forme des lettres G. A. L. et conduits aux galères pour y servir le roi à perpétuité, comme forçats.

Vu les conclusions du procureur général du Roi, ouvertes sur le bureau :

Ouï les accusés, en leurs interrogatoires subis sur la sellette, devant la Cour ;

Ouï le rapport verbal de ladite procédure, par M. Bourke, conseiller titulaire ;

Tout vu, considéré et mûrement examiné ;

La Cour a mis l'appellation, et ce dont est appel au néant, en ce que les nommés *Victor*, *Élie* et *Charlery*, ont été condamnés à être fouettés et marqués, et mis aux galères perpétuelles. Emendant, quant à ce, ordonne que lesdits susnommés *Victor*, esclave du sieur *Clément*; *Elie*, esclave du sieur *Raymond de Perpigna*; et *Charlery*, esclave de *Rachel*, femme de couleur libre, assisteront au supplice des nommés *Marcel* et *Joseph*, qu'*ils auront le jarret coupé par l'exécuteur de la haute justice*, et qu'ils seront ensuite remis à leurs maîtres.

Le résidu du jugement exécuté selon sa forme et teneur.

Ordonne en outre, ladite Cour, que le présent arrêt sera imprimé et affiché partout où besoin sera, et renvoie l'exécution dudit arrêt, devant les officiers de la sénéchaussée de Saint-Pierre.

Mandons et ordonnons à tous huissiers, sur ce requis, de mettre ledit arrêt à exécution ; à nos procureurs-généraux, et à nos procureurs près les sénéchaussées, d'y tenir la main ; à tous commandans et officiers de la force publique de prêter main forte lorsqu'ils en seront légalement requis.

En foi de quoi le présent arrêt a été signé par le président de la Cour.

Fait et jugé au Conseil supérieur de la Martinique,

en la séance extraordinaire du jeudi 30 novembre 1815.

RONDEAU.

Scellé au Fort-Royal, lesdits jours et an.

RONDEAU.

Exécuté a été l'arrêt ci-contre et des autres parts, en présence des officiers de la sénéchaussée de Saint-Pierre, sur la place ordinaire des exécutions de ladite ville, ce jour, lundi 4 décembre 1815, à dix heures du matin.

BORDE.

Post-Scriptum. Une liste nominative des juges, qui composaient alors ce tribunal, a été envoyée du Hâvre; on ne la joint pas à l'arrêt, parce qu'elle laisse quelque incertitude. Cette publication peut avoir lieu dans un autre écrit.

FIN.

TABLE

DES MATIÈRES.

www.ingramcontent.com/pod-product-compliance
Ingram Content Group UK Ltd.
Pitfield, Milton Keynes, MK11 3LW, UK
UKHW021145230726
13926UKWH00002B/942